AF554237

ERLEEN MARSHALL LUIGI

Es puertorriqueña. Posee Maestría en Arte y Doctorado en Filosofía de la Universidad de Puerto Rico (UPR) con concentración en Psicología. Fue psicóloga de niños y profesora en la UPR. Su primera publicación literaria es la colección de cuentos titulada *Desvistiendo emociones,* Editorial Mariana 2014. Es coautora en la antología de cuentos *Andares,* Ediciones Scriba NYC 2016. Sus poemas fueron publicados en *Di lo que quieres decir,* Ediciones Scriba NYC 2015 y 2016. Es miembro del Pen Club de Puerto Rico Internacional. Es amante de los géneros literarios conmovedores que tocan la realidad, de la pintura paisajista y semiabstracta, de la costura y otras pasiones.

Amigos en dos tiempos

Amigos en dos tiempos

ERLEEN MARSHALL LUIGI

Colección Galápago

Ediciones Scriba NYC

Amigos en dos tiempos, Erleen Marshall Luigi

Ediciones Scriba NYC
Colección Galápago – Novela
Narrativa

Arte de portada: *Amigos en dos tiempos*
© 2016 Erleen Marshall Luigi
Acrílico sobre canvas 18'x18'
Ilustraciones: © 2016 Jennifer Nieves
Tinta sobre papel 8'x10'
Fotografía: Manuel "Mín" González
Portada: Jorge Muñoz
Ediciones Scriba NYC, 2017

ISBN: 978-0-9845727-6-2

Impresión: CreateSpace

Scriba NYC
Soluciones Lingüísticas Integradas
26 Carr. 883, Suite 816
Guaynabo, Puerto Rico 00971
+1 787 2873728
www.scribanyc.com

Marzo 2017

A mis nietos

Gabriela

Fernando

Madison

Sebastián

y a todos los jovencitos

que disfrutan de la lectura.

AGRADECIMIENTOS

Agradezco a Humberto Ramírez Ball, supervisor atlético; a Gabriel Colón Estarellas y Fernando Montalvo García, atletas, por la asesoría en los deportes de voleibol, *soccer* y baloncesto. A Manuel "Mín" González por las fotografías.

CONTENIDO

EL ECO DE LOS CANTOS

Tierra de mi corazón...
Lejana aldea, querida
casa, bajo flamboyanes,
camino entre ariscas peñas,
coplas en los cafetales.

Juan Antonio Corretjer

Primer capítulo

Azucena, la que escondió un niño para salvarlo, vivió en las boscosas montañas entre Utuado y Lares, en un poblado colindante con el barrio Bartolo, por donde nace el río Grande de Arecibo. Era aún el siglo diecinueve y las casitas salpicaban el ruedo sur de una alta montaña que ellos llamaban "El Bosque Amarillo", así nombrado porque de la floresta brotaban mariposas que con su aleteo pintaban de amarillo la densa vegetación. Los montes eran de curvas alargadas; en verdes brillantes, alegres, y en verdes intensos, apacibles.

En aquel paraje, las familias cultivaban el café y todos conocían la historia de la niña Azucena. Era la hija mimada de don Gregorio Nieves, desde que quedó huérfana de madre al nacer. Doña Tomasa, la segunda esposa de don Gregorio, se convirtió en su madrastra. La mujer, que no había podido tener hijos, amaba a la niña y la tenía siempre cerca por temor a perderla. Azucena tenía ocho años cuando el padre salió al pueblo y regresó enfermo de gravedad. Llegó con dos gallos y diez gallinas ponedoras que doña Tomasa cuidó para poder subsistir luego de su muerte.

A los pocos meses, la madrastra supo por una vecina que, en otros pueblos, varios niños habían muerto de fiebre tifoidea. La niña, que había amanecido con dolor de panza, lo escuchó por una ventana, aplastó las manos sobre su estómago y se tumbó en su camastro.

Doña Tomasa pidió que buscaran a doña Trina, la curandera de mirada sabia y surcos en el rostro. Pronto, la reducida vivienda se llenó de las fragancias que envolvían a la curandera y a su cajita de madera surtida con yerbas para las dolencias intestinales: albahaca, artemisa, cohitre azul, hicotea y además, semillas de anís y cardo santo. Preparó infusiones para las dolencias abdominales de la niña. La visitó por cinco días y como no se presentaron los síntomas fuertes de dolores, fiebres ni pintas rosadas en la piel, le aseguró que debió ser un empache. Doña Tomasa, a pesar de que su hijastra estaba bien, se encerró en la casa con la menor para que no se contagiara. Salía con ella al batey, solamente en la primera hora de la mañana y en la última de la tarde, para cuidar el limitado huerto, atender las aves y recolectar huevos, viandas, frutas... Fueron pasando los meses y la pequeña, por los huecos de las ventanas, veía a los vecinos cuando talaban el pasto que crecía en los alrededores de su casa, la única con balcón. Repetidas veces, les escuchó decirle a la madrastra que no había peligro, que nadie en el barrio se había contagiado, pero doña Tomasa tampoco les creyó.

Los habitantes de esta tierra adentro no habían visto a la niña por casi cuatro años, hasta que una mañana tibia escucharon los extraños quiquiriquíes. Salieron a averiguar qué ocurría. Los que vivían cercanos a su casa la vieron. Azucena bajaba el cerro con uno de los trajes negros de la madrastra. Lo llevaba amarrado a la cintura con una soga, arrastrando el ruedo por una senda estrecha de barro seco que le empolvaba los pies descalzos. Estaba flaca como una caña de azúcar y tenía la nariz de su padre, parecida al pico de un pitirre. Múltiples mariposítas amarillas revoloteaban a su encuentro.

Caminó cautelosa por las veredas entre las casitas de madera pintadas en brillantes azules, verdes, amarillos y rosados. La dirigía su afán de verlo todo. Disfrutó el olor de las gardenias mezclado con el dulzón del panapén que hervía en algunos fogones. Los campesinos salían a recibirla. La saludaban elevando los brazos con mangas largas en los hombres y breves en las mujeres. Algunos exclamaban suavemente: "¡Ay, bendito!".

Ella doblaba la cabeza y encogía los hombros, estrechando las pisadas, sin pronunciar palabra. La cara traslúcida contrastaba con las demás, acarameladas por el sol. Otros niños también mostraban rizos canarios, pero Azucena los llevaba en varias trenzas amarradas con sogas diminutas en el tope de la cabeza, como lo hacían algunas mujeres. Las aves trinaban en una bulliciosa armonía inventada por ellas.

A su paso, los vecinos le obsequiaban un mango, una china, una mazorca, vainas de gandules, guayabas, un guineo, pedazos de yuca, ñame... Ella evitaba las miradas al aceptarlos y los echaba en la falda, recogida como una bolsa. Caminaba de vuelta al balcón y las nubes algodonadas, movidas por los vientos alisios del noreste, le tendían sombras y la protegían de los rayos fulgurantes.

Esa tarde, los adultos buscaron a la viuda de don Gregorio: la encontraron en su cama y la llevaron a enterrar. Comentaban que debió haber muerto del corazón por tanta soledad. Azucena se escondió entre los árboles. Regresó a la casa vacía y pudo contener el llanto. Se acostó y casi enseguida la sobresaltó el ruido de una rama al caer. El temor no pudo entrar a su pecho porque lo habitaba el cariño que recibía de todos. Los sueños esperanzados durmieron su cansancio.

Al amanecer, se apresuró por salir de las paredes que la habían mantenido aislada. Ese día no hizo como en el anterior, que luego de un rato junto al cuerpo de la madrastra, se había dirigido a la puerta principal y la había abierto y cerrado dos veces sin pasar. Fue a vestirse, se asomó por el hueco de la puerta, esperó... cruzó el balcón despacio. En ese segundo día del recorrido, salió rauda. La animaba el encuentro con sus vecinos, quienes la aguardaban por las veredas bordeadas con flores multicolores de miramelindas. Aceptó los alimentos que le extendían con sonrisas y también un traje blanco que le regaló doña Lolita, la costurera.

El tercer día la vieron aparecer con el vestido nuevo. Era similar a los que solían usar las niñas, con un corpiño breve o a la cintura y en colores claros. Paseaba modulando, con la voz de ruiseñor de su madre, los cantos que había memorizado de los niños cuando los escuchaba jugando distantes: *Naranja dulce, A la limón, San Serení, Mambrú, El patio de mi casa...* Hizo el recorrido cantándolas por los senderos, a la vez que otros niños se iban uniendo en alegres coros detrás de ella. Los varoncitos vestían camisas que a muchos les quedaban cortas y pantalones a los tobillos, sueltos o enrollados, en el color del café con leche. Los cantores creaban una imagen graciosa para los adultos. Sus voces rebotaban por la cordillera y se oían en los barrios lejanos.

Había un flamboyán gigante rodeado de bancos rústicos que, a modo de plaza pueblerina congregaba a los habitantes. Allí las mujeres recordaron las muñecas de trapo que le habían dejado a Azucena cercanas a la casa, sobre algún racimo de los platanales, en las noches de luna llena. Muchas veces la vieron recogerlas en las mañanas. Explicaban que Azucena era maternal y bondadosa con los niños por los años que no pudo compartir con ellos. Las ancianas lo decían poniendo o pasando las manos por sus caras, como solían hacerlo antes de hablar sobre un tema difícil o cuando estaban cansadas. Los viejos de rostros surcados por arrugas, con sombreros de paja, camisas abotonadas y pantalones holgados sujetados con correas o sogas, decían que no compartía ni hablaba con los adultos por el encierro sufrido. Apretaban, entre dientes y mellas, los tabacos que por sí mismos enrollaban y los removían para repetir: "Es natural... Ya se le pasará... Es natural".

Azucena regresaba a su casa en la tarde y lo primero que hacía era desgajar una china y chuparla con gusto. Después hervía alguna vianda. Sin haberlo hablado, continuó con la rutina que la madrastra había iniciado en el balcón. Ante el sol naciente dejaba una canasta de huevos, de la cual los vecinos iban cogiendo. A cambio, ellos colocaban en la baranda paquetes de sal, harina, jabón y otras necesidades. Estaban atentos a lo que pudiese faltarle y reconocían que la niña prefería estar sola en su casita.

Azucena extrañaba el río querido y aguardaba con prisa el día que irían las mujeres a lavar ropa con los niños. Por fin llegó la mañana del reencuentro. Supo que estaba cerca del río cuando el chasquido de las hojas secas que iba pisando se confundía con el murmullo del agua y podía aspirar el aire mojado. Aceleró el paso. Al divisarlo, abrió la boca y extendió los brazos. No habló. El río era más ancho que su recuerdo. El agua se deslizaba como telas de cristales sobre las piedras redondeadas y saltaba traviesa entre las más separadas. Ajustó su falda y entró por la orilla blanda. Se mojó los pies, luego las piernas hasta el borde de la saya sobre las rodillas. Pisaba en círculos girando la cabeza y descansando la vista en los detalles de la infancia. Las mujeres gozaron viendo su emoción y, también sin hablar, contemplaron el resplandor y colorido en la floresta y escucharon los viajantes sonidos del río, tal como lo hacía Azucena. Los demás niños chapaleteaban jubilosos y el río corría borboteando.

La niña pasaba ratos con doña Lolita, la mujer que le regaló el vestido blanco y la primera adulta con quien Azucena comenzó a dialogar. La costurera, de tacto delicado y manos cubiertas de pecas, le estaba enseñando a remendar y a coser. Le contó que lo aprendió de su madre cuando vivía en Mayagüez y que hasta allá había llegado el joven Jacinto intentando fortuna. Se casaron, pero como él no consiguió empleo y le hacía falta su terrenito, regresó con ella a estos campos tan verdes. Expresó que desde las cercanías, antes de llegar al barrio, ya le gustaba cómo crecía la frescura entre el follaje y la tierra sombreada, porque mientras más se acercaban, más se le iba pegando a la piel aquel frescor. Entre relatos y puntadas, Azucena aprendía con ella. Los campesinos que necesitaban de sus nuevas destrezas con la aguja y el hilo, ponían en el balcón piezas de ropa para remiendo junto con los víveres que le obsequiaban. Luego, la niña volvía a colocarlos arreglados sobre la baranda.

Segundo capítulo

Azucena aprendía que en este campo aún sin nombre, la vida era buena y era ardua. Los niños jugaban y también trabajaban en las tareas familiares y en las del cultivo del café, la principal fuente de ingreso para sus habitantes.

Poco a poco y con gran esmero, Azucena se fue uniendo a las faenas de los otros niños que, además de cuidar a sus hermanos menores, ayudaban a traer leña del bosque para el fogón, cargaban, en latones y vasijas, el agua fresca que llenaban de los pozos o de los chorros que brotaban entre las peñas, y también participaban en las labores simples de la agricultura. Azucena trabajaba junto a ellos sin dejar las tareas de la costura. Agradecía y disfrutaba el tiempo que doña Lolita le dedicaba y los elogios que le decía: que le gustaba cómo movía los dedos, que sabía apretar y aflojar la tela según fuese necesario y que usaba muy bien el dedal. Con el tiempo, aprendió a bordar pañuelos que enviaba al pueblo con la familia que fuese de compras, para que se los canjeasen por telas u otros artículos.

Al mediodía, aceptaba la invitación para almorzar con alguna de las familias, aunque al atardecer siempre regresaba a dormir en su casita. Después del almuerzo, se reunía a jugar con todos los niños cerca del gran flamboyán. Sus risotadas alegraban a los adultos y ancianos. A veces cantaban los juegos en hileras: *Pase mi sin, Ambos a dos, Quién se quedará*. Otras veces, eran juegos de correteos: *La guillotina, Chico paralizado, Tira y tápate y La gallinita ciega.* Este último era el favorito de Azucena. Sin embargo, cuando se le acercaba quien tuviese los ojos vendados, buscando a otro de los jugadores, no podía contener los "ji" y los "ja" que salían de su garganta y casi siempre delataba su posición. Perdía alegremente pero después tenía buen oído para encontrar a otro mientras ella estaba vendada. El canto de los niños hacía eco entre las montañas y los que aún trabajaban la tierra hacían un alto, se secaban la frente y el cuello con sus pañuelos y los escuchaban con placer.

Azucena llevaba casi un año de liberación y sus amigos le explicaron que el rico olor de las flores blancas del cafeto anunciaba que muy pronto sería el tiempo de la cosecha y que ellos ayudarían. La niña se incorporó a tales faenas con gran energía. Desyerbaron alrededor de las matas y practicaron desprendiendo las uvas rojizas de café que maduraban adelantadas. Lo hicieron rodeando el arbusto para no partir las ramas. A pesar de que era un trabajo arduo, Azucena, por instantes, miraba a los lados y veía con satisfacción que ella era parte del grupo, cada uno como rama de un mismo árbol. Semanas después, cuando estuvieron maduras, colectaron las frutas del café de los ganchos bajos o del suelo, las tiraron a asolear y ayudaron a echarlas en sacos para la venta. A los pocos días de concluida la recolección, Azucena le confesó a Ana:

—El café cambió. Ahora, cuando cuelo el café y lo bebo... es mío —se palmeó el pecho repetidamente y dijo sonriente—: Es mío, es mío.

—Y mío también —le dijo Ana, contenta y orgullosa, con la mano también sobre el pecho.

Ana era su mejor amiga, cantaba diáfana como ella, compartían juegos y tareas.

Meses después, una lamentable mañana, los padres de Ana salieron a la tienda del apartado pueblo. Los habitantes necesitaban sal, harina, clavos, herramientas de labranza, telas y otras cosas más. Ana, a los once años, se quedó cuidando a sus hermanitos: Julio de nueve, que parecía mayor por lo alto que era; Milagros de siete, con ojos tan negros como la melena que le llegaba a la cintura y Rosarito de cinco, que no se caía al correr, a pesar de tener el pie izquierdo virado desde su nacimiento. Azucena estaba con Ana, ayudando a cuidarlos.

Se sabía que los caminos serpentinos, angostos y con derrumbes, eran peligrosos para los transportes. Por desgracia, la carreta en la que iban se desbarrancó. Cuando llegaron los vecinos y les dieron la mala noticia, las dos amigas lloraron abrazadas. Ana sollozaba sin poder escuchar los susurros de los adultos que la estrechaban: "Ay bendito", "Ay Virgen Santísima". Otros niños los miraban y se arrimaban a sus padres sin hablar. La casita de los huérfanos se llenó de dolor. Ambas amigas salieron tomadas de la mano y se sentaron sobre un banquillo entre las plantas que parecían marchitar sus hojas con el llanto de ellas.

Azucena notó que varios adultos salían en una misma dirección. Ambas los siguieron y los vieron reunirse debajo del gran flamboyán. Escucharon que intentaban decidir con quién irían a vivir Ana y los hermanitos, porque no les quedaban familiares en el barrio. Mientras debatían, Azucena no demoró y le dijo a Ana:

—Se vienen conmigo.

Se los llevó a su casa. El grupo de adultos llegó al balcón y vieron a los niños arrullados por el fino canto de Azucena. Se fueron. Al retornar, los estaba peinando y se marcharon otra vez. Ana sabía que los mayores regresarían; pasó la mirada por la habitación de escasos muebles que ahora veía duros y ásperos. Miró por una ventana abierta la vegetación inmóvil y solitaria, se arrimó a Azucena y esta aseveró dulcemente:

—No tienes que esconderte. No te asustes. No te llevarán.

Los vecinos continuaron asomándose y al escuchar el coquí, les trajeron los alimentos, las hamacas y la poca ropa de los cuatro hermanos.

Esa noche y por treinta más, Ana se durmió llorando por sus padres mientras su amiga le tarareaba.

Así comenzó Azucena, con casi catorce años, a cuidar niños en aquel rincón de verdes floridos y espirales aromáticos de café colado y leña tostada. Pronto, Azucena, Ana y sus hermanitos se organizaron en los deberes que compartirían en la casa, en el huerto, en el gallinero y en el cuidado de los más pequeños. Después de las faenas y el almuerzo, continuaron con la costumbre de ir a jugar en el área del gran flamboyán. Allí disfrutaban construyendo sus propios juguetes con papeles para volantines, sogas para cuicas y columpios, y semillas de algarrobo para gallitos. También confeccionaban juguetes de acción con algún objeto de su alrededor, como ramas, semillas o latas, y aprendían a hacerlos con los ancianos que se sentaban con ellos. Uno era don Edmundo, un experto tallador que, con sus manos callosas por la labranza, les hacía figuras de madera en forma de transportes o instrumentos musicales como flautas, güiros, maracas y otros. Cada tallado era muy apreciado por los chicos. Los niños andaban

J.NIEVES

con los pies descalzos o con los zapatos que habían heredado de sus hermanos. Los de los varones, como Julio, eran marrones o negros, algunos con cordones partidos, y los de las niñas eran usualmente de color blanco gastado. Las risas y cantos rompían el silencio de los montes.

Al poco tiempo, Azucena cuidó dos niños más y meses después rescató a otro. Resulta que esta tierra era también el lugar donde numerosas familias de agricultores habían vivido con sus vecinos en una comunidad de ayuda, basada en los cultivos de subsistencia. Todos celebraban la suerte de llevar más de cinco años sin huracanes desde aquel San Roque, que cruzó por detrás de la montaña del Bosque Amarillo. Así, el bosque les sirvió de protección, minimizando los daños. Ella no lo recordaba, pero escuchaba las historias de que, luego de ese evento, allí habían esperado alrededor de cuatro años para que madurasen los cafetos y poder cosechar esa nueva siembra.

Azucena sí pudo estar presente en la siguiente recolección y los habitantes confiaban que la próxima, que estaba cercana, sería una cosecha abundante para las modestas ventas que realizaban. Veía que algunos hombres y jóvenes, aunque anticipaban el éxito del cultivo, continuaban con la costumbre de ir, por temporadas, a buscar trabajo como jornaleros en las fincas al otro lado del río Guayo. Este año había sido difícil conseguirlo. Azucena, siempre atenta a lo que contaban los adultos, supo que por allá, del otro lado, muchas familias vivían circunstancias diferentes a ellos porque le debían préstamos al hacendado mayor. Este, a su vez, debía a los comerciantes de la costa que le compraban el cultivo, le cancelaban las deudas y transportaban el café a las maquinarias de Arecibo para descascararlo. Unas familias perdieron las finquitas al no poder pagar las deudas; otras las perdieron al malograrse las cosechas por las inclemencias del clima tropical que alternaba entre sequías, plagas, lluvias excesivas y vientos de tormentas. En resumen, escaseaban los empleos.

Entre unas y otras narraciones de los adultos, Azucena conoció cómo los parientes de Ana, que deseaban obtener salarios fijos, habían optado por abandonar las montañas e irse a los pueblos costeros de Mayagüez, Arecibo o Ponce. Por esa migración, Ana no tenía más parientes en el poblado y por la misma razón, Azucena cuidó de dos niños más. El padre de estos se había ido a buscar trabajo con la promesa de volver por ellos y nunca retornó. La madre, doña Pura, se afanaba en el campo para el sustento de los chiquillos: Pedrito, de diez meses, y Asunción, de tres años. A pesar de que Azucena se personaba algunas mañanas para ayudarla en el fogón, el trabajo era extremadamente agotador para la mujer. Se debilitó y se enfermó de los pulmones.

Las vecinas la atendieron. Doña Trina, la comadrona y curandera que tenía el don de sanar, llegó aromatizada con su cajita y las hojas de mango, los limones y el rizoma del jengibre que necesitaba para las infusiones. Las mujeres le prepararon un caldo de gallina vieja con viandas, se asignaron días para cuidarla y llevaron a los dos hijos a la casita del balcón. Azucena acurrucó al bebé en el sillón de su padre, heredado de sus antecesores españoles. En otra hamaca próxima, Ana comenzó a mecer a Asunción y los demás niños pidieron rotar turnos para mecerla también. Todos cantaban *La carbonerita*: "¿Dónde vas carbonerita, dónde vas a hacer carbón? A la buena, a la buena, a la viña, ña. A la viña, ña del amor...".

Así Azucena, a los catorce años, se convirtió en la madre de crianza de los seis niños. La cama que había sido de la madrastra, la ocupaba Azucena con Ana y el bebé Pedrito; Julio en el camastro que antes era de ella y en las hamacas las menores: Milagros, Rosarito y Asunción.

Ahora eran más, pero entre todos siempre había tiempo para la diversión y para ayudar en las labores. Como parte de la rutina, después de trabajar y almorzar, se añadió la visita a doña Pura para que viese a sus hijos, ya que se recuperaba lentamente. Luego iban a jugar al área del flamboyán. Allí se enteraban del cerdito que nació tuco, de la vaca que parió dos becerros, de la cabrita a la que le crecería un solo cuernito y de otros recién nacidos que corrían a ver.

Tercer capítulo

En una mañana límpida, Azucena disfrutaba con las mujeres de la algarabía que se repetía en el río al compartir la tarea semanal de lavar la ropa golpeando y frotando las telas vigorosamente sobre las piedras más grandes y más gastadas de la orilla. Ellas, antes de arrodillarse sobre las peñas, recogían las faldas fruncidas, anchas y largas. Lo hacían sujetando con cada mano las puntas del ruedo en ambos lados y según formaban pliegues, iban subiendo el vuelo de las sayas hasta las rodillas. Insertaban los extremos de esas puntas plegadas dentro de cada costado de la cintura. El pelo largo lo amarraban con cintas o soguitas en la nuca, formando un rabo suelto o trenzado. Muchas tenían los brazos tostados por el sol y casi todas mostraban pintas oscuras que marcaban las veces que se habían quemado cocinando en el fogón. El jabón que utilizaban era una barra azul, rectangular; el único para la ropa y el aseo personal. Las espumas del lavado flotaban por las llanas corrientes, los pequeños chapoteaban gozosos entre ellas, se las untaban como barbas o melenas, las montaban sobre hojas haciendo carreras de botecitos. Los niños mayores pescaban más arriba, en el recodo del río, y buscaban camarones.

Azucena observaba, reía, lavaba con fuerza, jugaba con los pequeñines y escuchaba, con placer y gran atención, las historias de las lavanderas. En esa ocasión se interesó por una que le borró la sonrisa. Contaron de Serafín, el niñito que era maltratado por un tal Felo, un jornalero de malos cascos. Lo forzaba a ocuparse de su cultivo de subsistencia y lo dejaba solo cuando se iba a trabajar las tierras del hacendado. Decían que habían visto al pequeño, quizás de ocho o diez años, deambulando con la panza hinchada y llagas en las rodillas porque cada vez que no hacía alguna de las tareas, lo obligaba a hincarse, en posición de rezo, sobre las cabezas elevadas de clavos macerados en una tabla. Conmovida, decidió que iría en busca del niño maltratado. Le entregó a Ana la canasta de ropa limpia y le encargó que regresara con los menores y las otras mujeres. Le dijo que tardaría, pero no a dónde iba.

Marchó más de diez kilómetros hasta el otro lado del río Guayo. Vio al niño al frente del bohío que habían indicado. Era un chiquillo diminuto, harapiento, de bracitos huesudos. Estaba en cuclillas, moviendo a una oruga de mariposa con una hoja. La miró ojeroso y sorprendido al escuchar que inquiría si su nombre era Serafín y se ofrecía a jugar con él. Asintió con la cabeza de pelos enredados. Ella se acuclilló a su lado en la tierra aplanada por pisadas, cogió otra hoja y empujaron cuidadosamente a la oruga hasta un montoncito de hojarascas que él tenía preparado. Al rato llegó Felo con las botas sin cordones, las mangas enroscadas y en la mano derecha el machete. Azucena, quien todavía era parca conversando con los adultos, le dirigió la palabra en voz baja, esquivando su mirada dura.

—Quiero cuidar a Serafín. Llevármelo a mi casa.

Felo la miró perplejo. Reaccionó con gritos cada vez más amenazadores, agitando el brazo izquierdo y tensando el derecho. El pequeñín temblaba.

—¡No! ¿Cómo te atreves? ¿Quién eres? ¿De dónde vienes?

—Azucena, del otro lado del río —hizo una pausa—. Él necesita que yo lo cuide.

—¡No! ¡No! ¡Este niño se queda conmigo! ¡Vete, y no vuelvas por aquí!

Azucena Miró a Serafín, que estaba quebrado, a Felo con el machete empuñado. Se marchó. Antes de alejarse se detuvo, pero prosiguió los pasos sin voltear atrás. Al alcanzar la jalda, un kilómetro adelante, estiró el cuello, el cuerpo y subió firme.

Por dos días, entre suspiros, estuvo repitiendo callada el nombre del niño. Finalmente, le confió a Ana que regresaba por Serafín y le aseguró que podía traerlo. Se marchó. La temperatura bajó. Las mariposas del Bosque Amarillo, que habían iniciado vuelo con la tibieza de la mañana, regresaron a esconderse en los huecos de las cortezas de los árboles y debajo de los troncos caídos. Llevaba andando media distancia cuando, en las veredas deshabitadas, las cigarras comenzaron a pitar estridentemente. El cielo se oscurecía y amenazaba con llover. Con el viento, las hojas de los yagrumos se volteaban de verdes a grises. La neblina arropó las montañas más apartadas. Pronto, el follaje del campo se agitaba con el golpeteo de gotas cada vez más gruesas.

Lo encontró solito en aquel bohío de sombras. Tiritaba de frío debajo del techo que casi no lo protegía del aguacero. Ambos estaban ensopados. Le limpió las heridas cuidando de no lastimarlo. Le aplicó el aceite de las hojas de romero machacado que preparaba la curandera. Pasó la tarde... la noche... y el hombre no llegaba. Desayunaron el pan y el queso de tierra que trajo envuelto en un paño. Esperaron. Le enseñó a jugar *La piedra.* Movía sus manos repitiendo: "Toma esta piedra y guárdala bien. Que no te la vea vasallo ni rey". Lo hacía con lentitud para que él acertara dónde la escondía y así fue: las adivinó deleitado. Pasada la hora del almuerzo, arreció la lluvia. No podía esperar más. Lo invitó con una sonrisa que no pudo ocultar la preocupación. Alargó el brazo y le dijo:

—Vámonos.

Serafín la enlazó con sus brazos por la falda húmeda. Ella le acarició la cabeza y le dijo que primero debían recoger algunos bejucos del monte y ensogarlos. Amarró varios en los pies descalzos del niño para protegerlos y, con otros más, ató hasta los tobillos sus zapatos gastados. Apresurados, abandonaron el lugar cogidos de la mano.

Los bambúes se inclinaban susurrantes, como apurándoles el paso. Los chorros de agua bajaban formando hendiduras en el barro que se hacía cada vez más blando, en unos trechos rojizo y en otros, amarillento. Por las cuestas resbaladizas, ella se impulsaba de las ramas y bejucos con recio agarre. Con la otra mano, temiendo que no se le cayese por un risco, halaba al chiquillo, zafándole los pies del lodo en que se hundían. Faltaban horas de largo camino cuando él comenzó a quejarse de estar cansado. La fatiga no la vencía a ella y le repetía:

—Ya falta poco.

Llegando al río, escucharon el retumbar de las cascadas. Se metieron en las correntías frías que les soltaron el fango de las ropas. Lo cruzaron justo antes del golpe de agua.

En el poblado la aguardaban preocupados al conocer, por Ana, de su osadía. Escampó en el momento que Azucena llegó con Serafín de la mano, ambos extenuados. La luna se asomó bajo velos circulares de nubes iluminadas y pintó anillos de azul intenso en el cielo encapotado.

La primera familia con la cual se toparon les entregó mantas porque estaban enchumbados y helados. La segunda les entregó un quinqué encendido porque el sol ya descansaba. En cada casita, al verlos pasar, se complacían con la llegada de Serafín y comentaban del pobrecito niño, solito en esa tormenta. Los campesinos subieron las mechas de los quinqués; los varones doblaron el ruedo de sus pantalones, ellas recogieron sus faldas y todos surcaron las veredas enlodadas. La siguieron con panes, harina de café y los quinqués que columpiaban de los mangos con el celebrante caminar. Llegaron. Don Edmundo arrastró el sillón hasta el balcón para que Azucena descansase y le entregó una mariposa tallada en madera. A Serafín prometió hacerle la figura que él escogiese y el niño, con ojos que querían saltar, le repetía:

—¿Para mí? ¿Para mí?

Las mujeres les trajeron más mantas secas a ambos, colaron inmediatamente el café y los jóvenes se lo repartían a todos, junto con los panes. Se escuchaban las exclamaciones, en voces femeninas y masculinas, que la felicitaban y la admiraban por la decisión, la valentía, la compasión. Azucena les escondía los ojos con media sonrisa y volvía a poner la mirada en Serafín, quien les mostraba sus laceraciones en las rodillas. Ellos, incrédulos al mirarlas, se persignaban y reaccionaban negando con la cabeza o exclamando: "¡Ave María Purísima!". Mientras, doña Trina le aplicaba en las heridas un cataplasma tibio de hojas de achiote. Serafín les pedía que no lo dejasen volver con el pai Felo, nombre por el cual le había obligado a llamarlo desde que lo recogió perdido cuando era chiquito. Todos le aseguraban que estaría bien cuidado. Los múcaros ulularon celebrantes entre las ramas. Los alelíes perfumaron la noche húmeda.

Cuarto capítulo

El mal tiempo cambió para lo peor. Las ráfagas y las lluvias ensordecedoras sobre los techos de zinc, los obligaron a encerrarse en sus casas. El aullido del viento hizo que los siete niños se apretaran con Azucena debajo de la cama. El piso de madera crujía como las paredes. Azucena pretendía animarlos a cantar, en lugar de gritar con los truenos, que estallaban y resonaban con luces hasta perderse y volver a estallar. Julio le ayudaba saliendo a poner cacharros para recoger el agua de los goterones constantes y de nuevo corrían a resguardarse junto a los otros. Las puertas y ventanas tableteaban cada vez más fuerte a medida que las trancas se aflojaban y se resistían a zafarse. Entre susto y susto, los menores dormitaban, pero Azucena temía sin dormir. Solo comieron pan.

Todos fueron sorprendidos por el huracán San Ciriaco, que cruzó al norte del Bosque Amarillo y azotó a la isla por casi dos días de terror. Al fin cesaron los vientos silbantes y los aguaceros relampagueantes. El aire estaba impregnado del agrio olor de la tierra encharcada. En la semioscuridad de la tarde, abrieron las puertas y avistaron techos de zinc doblados, árboles mascados, plantas acostadas, frutos regados sobre hojas de platanales en el suelo negro. El café no estaba. Esa noche fue la más oscura.

Al amanecer, el sol caliente ascendió por el firmamento opaco que se iba clareando entre cacareos desafinados. Los animales estaban alborotados. Las aves trinaban al unísono y volaban laboriosas con paja en sus picos para rehacer los nidos. Entre mugidos y bramidos, los hombres y los jóvenes se ayudaban en la reparación inmediata de las viviendas. Las mujeres, las niñas y los niños limpiaban las casas y despejaban el batey para tirar a tostar, sobre sacos, las frutas de café que encontraron esparcidas por la tierra. Tendieron sobre cordeles las mantas, las sábanas y toda la ropa empapada. A medida que iban secándose con los rayos del sol, se elevaban las piezas en sacudidos aplausos a las aisladas ráfagas del este que se perdían por el horizonte. Era tanto el ropaje flotante, que los pequeños jugaban a esconderse entre las telas. Azucena los corría y los llamaba entre carcajadas que alegraban sus pesadas labores.

Los campesinos sabían que la vegetación renacería, pero lo más difícil era la destrucción del cafetal: las pérdidas eran graves. No podían esperar tres años por una nueva cosecha de café, ni dos años por las plantas que pudiesen salvar. Les urgía hacer algo porque la situación económica era precaria. Abatidos, organizaron otra reunión en torno al deshojado flamboyán. Comentaron haber escuchado decir, en el pueblo más cercano, que las tropas norteamericanas cabalgaban los caminos inquiriendo por las hojas de tabaco. Lo pedían diciendo *cigar,* a la vez que imitaban el acto de fumar con dos dedos sobre los labios. Con esta información se alborozaron; había oportunidad de prosperar. Afirmaron que ellos tenían las valiosas hojas de tabaco manojo; las mismas con que podían desarrollar el *sik'ar* taíno, aquel que sorprendió doblemente a los colonizadores españoles, al ver los cultivos y al notar que los indígenas fumaban el tabaco enrollado, en lugar de usarlo en pipas o masticarlo, como lo hacían los europeos. Lo nombraron "cigarro" por el sistema de cultivo taíno.

Lo decidieron: cambiarían el cultivo familiar del tabaco por uno comercial. Azucena, Ana y Julio preguntaron a los adultos cómo podrían ayudar. Les explicaron que en un principio, para el proceso del tabaco, los menores podrían ayudar con el hilado de las hojas emparejadas, antes de los adultos colgarlas a secar dentro de casetas de zinc, para luego empacarlas y venderlas. Los habitantes confiaban en que, gradualmente, ampliarían el cultivo. Reconocieron que este cambio de producción era afortunado porque los precios del café bajaban, mientras que los del tabaco subían. Para iniciar sus planes tenían que esperar porque, desde las lluvias huracanadas, habían quedado incomunicados con la crecida del río Guayo.

Los jovencitos comentaron entre sí la satisfacción de poder aportar en el cultivo que ayudaría a todos en el poblado. También celebraron que doña Pura había sanado y sus niños, Pedrito y Asunción, estaban de nuevo con su madre.

Quinto capítulo

En pocos días el río reencontró su cauce, y el primero en cruzarlo y entrar al barrio fue el jornalero. Entre relinchos y ladridos se regó la voz de que Felo subía a pie. Preguntaba por Serafín con el machete insertado en la banda ajustada que le daba varias vueltas a la cintura. Todos le negaban haber visto al niño. Azucena respiraba con rapidez. Agrupó a los niños a su alrededor. Vio que Ana intentaba calmar a Milagros y Rosarito. Miró a Serafín y, sujetando suavemente su cabeza, le anunció que Felo andaba buscándolo. El niño se aferró como gato a las piernas de ella, maullando llantos y súplicas:

—Quiero quedarme contigo siempre. No quiero verlo... nunca. Nunca. Nunca. Que no me lleve ese hombre... Por favor... Azucena, por favor.

Ella lo escondió debajo de la mesa de mantel largo. A los demás les hizo señas de silencio. Él permaneció calladito, con los ojazos negros desorbitados. Se escucharon los fuertes reclamos acercándose.

—¿Dónde está Serafín? ¿Dónde está?

Serafín ocultó la cara sobre sus rodillas apretadas al pecho. Felo golpeó fuerte en la puerta preguntando por él. Azucena tenía la mirada fija en las trancas de madera. Ana y Julio estaban inmóviles a cada lado de ella; Milagros y Rosarito se escondían entre las faldas de ambas. Azucena inhaló profundo, tragó y le contestó que no estaba. Él exigió mirar y, con un grito ronco de furia, amenazó con romper la puerta.

Antes de abrir, Azucena le pidió a Julio que saltara por la ventana y esperara afuera. Cogió a Serafín y se lo pasó a Julio para que se lo llevase a las vecinas. Este lo cargó corriendo velozmente entre las numerosas gallinas, que esquivaban sus piernas largas con cacareos y saltos aleteados de un lado a otro. Felo atravesó las puertas abiertas, agitando los brazos por el aire como cuernos de toro bravo. Ana callaba. Las pequeñas lloraban arrinconadas detrás de ella. Azucena, apretando los dedos en el borde de la mesa, le repetía en voz baja:

—No está aquí. Ve, no está aquí.

Las cabras amarradas balaban por los cerros. Serafín, distante, suplicaba con los párpados estrujados:

—Julio, no me sueltes. Por favor, no me sueltes.

—No hables. Que no te oiga.

Se lo entregó a doña María, a quien se le plegaron las arrugas del rostro cuando le sonrió al niño con los labios apretados para no mostrar su mella. Le murmuró:

—No te preocupes, que te vamos a proteger.

Le apartó el pelo negro de la frente sudorosa, le echó el brazo y Serafín se recostó de ella. Cuando se acercaron los gritos coléricos, lo sujetó fuerte de la mano y salieron apurados. Pasaron las jaulas de conejos y avanzaron hasta la casa de la comadre Mercedes. Esta lo sentó en un círculo junto a sus cinco hijos y, con el índice en los labios, les indicó que se mantuvieran calladitos. El padre, don Cecilio, velaba firme en el umbral de la puerta, con los pies callosos listos para saltar. Los tres menores se veían tan asustados como Serafín. La voz de trueno resonó cerca:

—¡Serafín! ¡Ven ahora!

Los dos hijos mayores, por instrucciones de la madre, lo llevaron de la mano bordeando apresuradamente la porqueriza hasta la casa de doña Clemencia. Lo recibió sentada sobre uno de los únicos dos bancos que servían de asiento en la vivienda. Para ocultarlo, extendió hacia los lados su falda ancha y le aseveró calmadamente:

—Mijo, vas a estar bien. Eñangótate detrás de mí. No te verá.

Serafín obedeció y se enroscó entre sus propios brazos y piernas con el corazón tamboreando y sin asomar la cabeza.

Felo vociferaba preguntando por el niño. Julio velaba cómo lo pasaban de casa en casa a la vez que se acercaba. Nadie se lo mostró. Le avisó a Azucena, con otro joven, dónde tenían escondido a Serafín. Ella no salía de su casa por no levantar sospechas en Felo. Los hombres lo vigilaban, la mayoría desde los espacios de las puertas abiertas. Unos fumando y otros, de pie o sentados, raspando su machete con una piedra.

Los demás lo seguían, dispersos, a corta distancia. Ninguno iba a dejar que se lo llevase.

Por fin aceptó que no estaba Serafín. Repetía que el río se había llevado al "malcriao" que encontró perdido y que no sirvió "pa' ná". Se fue convencido. Los hombres vigilaron su partida.

Serafín, enroscado aún, no osaba apartarse del banco. Julio le hacía señas desde la entrada de la puerta abierta para que saliese. Doña Clemencia lo animó a moverse al exterior, a la luminosidad del cielo azul.

—Véngase, mi niño. Ese Felo se ha ido. Estás bien.

El pequeñín no se movió hasta escuchar que lo llamaba Azucena.

—Serafín ¡Serafín!

Venía avanzando por el sendero con el traje en vuelos y las trenzas despuntadas. Él corrió dando saltitos gozosos. Ella lo subió al pecho con regocijo. Ambos se estrecharon largamente. Todos los iban rodeando entre risas y alabanzas a Dios.

El gran flamboyán los congregó. Los niños llegaron cantando en una fila detrás de Azucena y las voces de sus canciones resonaron entre montes y corazones. Las mariposas amarillas danzaban a su alrededor. Los adultos celebraban eufóricos y narraban los eventos recién acaecidos. Aseveraban que el tal Felo se había ido a la costa y no lo verían más.

Así se repitió en aquel paraje el cuento de Azucena, la que escondió a un niño en "Los Cantos". Ese fue el nombre que le dieron al poblado los que vivían lejos, escuchando el eco de los cantos de los niños alegres.

LA BOLA LUMINOSA

No sé qué magia tiene para mí esta alborada,
que aspiro a pulmón lleno la brisa...

Vicente Palés Matos

Las vacaciones dan comienzo para un grupo de niños vecinos. La noche los había mantenido asustados con estrepitosos truenos y centelleantes relámpagos, pero hoy despiertan a un claro día de verano con nubes de blanqueada transparencia. Lorena, como de costumbre, sale festiva al parque en busca de una flor para su mamá. Selecciona una del arbusto de canarias, pero antes de alcanzarla ve entre las raíces a una avecilla sobre una bola de goma gris. El ave trina como el repicar de campanillas y la bola gastada cambia a una esfera luminosa y colorida. Inmóvil, la niña examina aquello. La avecilla deja de cantar, la esfera se apaga y retorna a su color original, gris opaca. Lorena se queda perpleja.

El ave voltea la cabeza dos veces para mirarla con cada ojo. Su cuerpo es verde oliváceo con una banda anaranjada en el pescuezo; a cada lado de la cabeza tiene dos franjas blancas, el pecho es amarillento y el pico cónico: es la reina mora. Canta otra vez equilibrada sobre el balón y este se ilumina con colores vibrantes que cambian en secuencia: amarillos y verdosos, azules y violáceos, rojizos y anaranjados. Al silenciar el tintineo, se apaga nuevamente. La reina mora salta a la grama húmeda, picotea la bola, ladea la cabeza ojeándola nuevamente, reinicia el trino y la bola se alumbra en tonalidades. Lorena mira la bola con los labios separados entre una "O" y una sonrisa. A pesar de su sorpresa, la niña piensa que como la avecilla no vuela, puede tener las alas heridas. Intenta recogerla, pero aletea y se posa sobre el balón. Lorena retrocede lentamente con tres pisadas. Corre en busca de sus amigos, que están llegando a la acera con bicicleta y patinetas: Nilsa, Daniel y Arturo.

—¡Oigan! Hay una bola que se prende y hay un pajarito encima que canta.

—¿Dónde? —inquieren a la vez, soltando sus rodantes.

—Vengan. No pueden correr porque la asustan.

La siguen anhelantes al encuentro de la aventura. En el parque hay árboles de verdoso follaje, altas bambúas, algunas palmeras, uno que otro flamboyán florecido, un yagrumo y variedad de plantas sembradas selectivamente por sus tamaños y flores. Cerca del arbusto de canarias, Lorena sujeta la mano de Nilsa, que tiene diez años. Les hace la señal de silencio con el índice sobre los labios apretados. Se inclina y todos la imitan cautelosamente.

—¡Ah! Es una bola vieja —dice Arturo, de once años como Lorena, decepcionado.

—¡Qué lindo el pajarito! —admira Daniel, el menor de todos.

—¡Sí! Nunca lo había visto —añade Nilsa.

—¡Esperen! —Lorena les repite la señal de silencio.

Observan. La reina mora inicia el trino sobre la bola y esta se ilumina, alternando entre luces rojizas, amarillentas y azulosas. Quedan estupefactos. Cesa el canto, se apaga la esfera. La reina mora la picotea y gira detenidamente la cabeza hacia cada uno, como invitándolos a recoger la bola. Alza vuelo. La ven perderse entre las hojas verdes y plateadas del árbol de yagrumo. Estudian el balón oscuro, como del tamaño de un coco seco despeinado. Le cuestionan a Lorena que dónde está la luz de colores. Ella tampoco la ve; toca el balón con la punta del dedo: no brilla. Está indecisa, pero cuando Arturo se acerca a recogerla, ella se adelanta. En sus manos la bola se ilumina y la suelta atemorizada. Los demás no logran ver el fulgor, impedidos por las ramas y el cuerpo doblado de Lorena, que la oculta.

—¿Qué pasa? —Nilsa mira confusa.

—¿Te asustaste? —se burla Arturo.

—Me asustó la luz.

—¿Cuál luz? —dice aún más confundida la menor.

Daniel empuja el balón grisáceo con el pie: nada. Lo recoge y en sus manos resplandece. Están embelesados con las luces de hermosos y fascinantes destellos que emergen del interior. Con la esfera aún en sus manos, el pequeño alza la pierna y la golpea levemente contra su rodilla. Se transforma en una pelota más liviana, con pentágonos blancos y negros: es de futbol. La deja caer azorado, arquea la espalda hacia atrás y se le mueve el pelo rubión que su madre le deja crecer para taparle la punta de las orejas.

—¿Qué te pasa, Daniel? ¿Por qué te asustan unas luces de colores? —quiere saber Arturo, que no vio la trasformación de la bola.

Arturo la recoge apagada, la retiene en sus manos y admira los nuevos destellos. Cuestiona si rebotará. Achica los grandes ojos negros y mueve afirmativamente la cabeza melenuda. La rebota una vez sobre el cemento, luego de corrido y hace el dribleo con golpes lentos. Se le convierte en un balón más grande y áspero: de baloncesto.

—¡Ea! —dice al instante, subiendo las manos a la vez que deja rodar el balón por uno de los caminitos pavimentados del parque.

—¡Tiene ma-a-a-gia! —Daniel susurra con los ojos cobrizos redondeados.

Nilsa la alcanza y, aún en cuclillas, sujeta con ambas manos la bola gris. Parpadean los destellantes colores. La muestra a todos, deleitada y confundida con las luces que aparecen y desaparecen.

—¿La bola se ilumina cuando la cogemos? ¿Se apaga cuando la soltamos? —les cuestiona con su voz finita.

—Sí —Lorena afirma también con la cabeza.

—Ah, pero hay algo más. ¿No vieron cuando cambió a bola de baloncesto mientras la *dribeaba*? —añade Arturo mientras se aparta unos pasos de la esfera brillante.

Nilsa la suelta y de un brinco queda de pie.

—Cambia a pelota de futbol —aclara Daniel.

—No. La mía era de baloncesto.

—La tuya era gris cuando la *dribeaste.*

—La 'tuya' era gris cuando la golpeaste con la rodilla.

—¡Espérense! —Lorena recoge la bola gris. Se ilumina. La sostiene desconfiada con los brazos extendidos. Traga saliva. Junta los antebrazos, la deja deslizar por ellos y la golpea rítmicamente sin elevarla alto porque el *bompeo* es leve. Se transforma en bola blanca y liviana de voleibol.

—¡Ay! —exclama, abriendo los brazos y dejándola caer—. ¿Vieron eso? Cambió a *volibol.*

—¿Queeé? *Bompeabas* la bola de goma —el tono de Nilsa es de frustración.

Daniel hala hacia arriba las mangas cortas de la camiseta y al recoger la bola, esta se ilumina. La echa a girar por los caminitos y es otra vez de goma gris. Con el interior de los pies le hace tres leves contactos alternadamente y se transfigura la pelota.

—¡Es de futbol!

Daniel tiene nueve años y la conduce ágilmente, sin desviarla del camino. Los otros lo siguen, viendo solamente el balón gris.

—Yo no entiendo. No entiendo —Nilsa repite, agitando los rizos castaños al correr tras ellos.

Lorena le pide a Daniel que le pase la bola a Nilsa. La pequeña la sujeta y vuelve a resplandecer.

—Voléame la bola —le pide Lorena suavemente.

—Es muy pesada.

—Hazlo y se pondrá liviana y cambiará a *volibol*.

—No puede ser.

—Sí. Dale.

La pasan entre ambas, con sus brazos arriba, transformada en una bola de voleibol.

—¡Guao! ¡Qué bella! —exclama Nilsa.

Continúan el voleo con las bocas abiertas en risotadas. Lorena pregunta a los varones qué ven y le responden: "Bola gris". Lorena se la pasa a Arturo y, al atraparla, despliega sus matices. Él les pide que lo sigan hasta la cancha. Es un área con altos y frondosos árboles de ficus que filtran los rayos solares durante gran parte de la mañana y de la tarde. Todos visten pantalones cortos y camisetas de alegres colores.

Driblea diestramente la bola mágica de baloncesto. Gira sonriente de un lado a otro, mientras ellos tratan de quitársela. Bajito como es, no pueden interceptarla; tampoco lo hacen otros jugadores en la escuela. Tira al canasto y el balón no cruza el aire, sino que se desploma a sus pies. Intenta otra vez y lo mismo.

—¡Ah! Esta bola es rara; se cae.

A pesar de su gran habilidad en la posesión de la bola, no ha aprendido a encestar. Desea hacerlo bien para que su padre lo vea, igual que solía hacerlo con su hermano Enrique antes del accidente.

Daniel alcanza la bola y le inicia pases a los demás, formando un gran cuadrado de diversión bajo el caliente sol del mediodía. La esfera luminosa que sale de sus manos cruza el aire como bola gris, la atrapan y vuelve a brillar en matices danzarines, pero con la particularidad de que cuando Daniel la pasa, solamente él puede verla cruzar como una de futbol y los demás la ven gris. Cuando lo hace Arturo, solo él la percibe de baloncesto. De las manos de Nilsa y Lorena, una a la vez, la ven cruzar de voleibol. Disfrutan nombrando la bola mágica que cada uno ve: luminosa, futbol, gris; luminosa, baloncesto, gris; luminosa, *volibol,* gris, luminosa...

Están ajenos al árbol del café de la India que, florecido de blanco, esparce su limonada fragancia por el vecindario. También ignoran que son vigilados por la reina mora, oculta entre las grandes hojas del yagrumo, y por Enrique, a través de las ventanas de cristal de su habitación. Él no comprende tanta algarabía con una bola de goma.

A Daniel lo llama su madre, y los otros saben que pronto también serán llamados a

J. NIEVES

almorzar. Cada cual quiere guardar la bola y no se ponen de acuerdo. Nilsa propone que almuercen en su casa porque la mamá está cocinando muchas albóndigas. Se lleva la bola y los demás van a pedir permiso para acompañarla. Todos residen en apartamentos de un nivel, en módulos contiguos de tres pisos, del color de la arena húmeda: Altos de Agüeybaná.

Arturo entra sudado y jadeante. La abuela Eugenia, quien vive con ellos, le dice que prefiere que almuerce con su hermano porque ha estado muy solo. Enrique es mayor y está en una silla de ruedas desde hace más de un año. Un conductor, perseguido por la policía, rebasó la luz roja del semáforo e impactó el auto en que viajaba la familia un sábado en la tarde, de camino a su juego de baloncesto. El padre, Rubén, contador en una compañía de multitiendas, desde entonces suele llegar tarde del trabajo, ver la televisión a solas en el cuarto y ya no mira los juegos de baloncesto.

—Ay Abuela, no es justo —Arturo protesta vociferante en su tono usual.

—No seas gruñón. Invita a tus amigos a almorzar aquí. ¿Cuántos son?

—Tres.

—Tengo arroz, habichuelas y chuletas para todos. En diez minutos estará la carne.

—Gracias Abi. ¡Huele bueno!

Avanza a invitarlos por teléfono. Primero a Daniel, que vive más cerca, y luego a Nilsa, pidiéndole que le avise a Lorena y que no olvide traer la bola. Lorena vive con su madre, el esposo de esta y un hermanito de ese segundo matrimonio. La mamá, quien suele estar en el hogar, confirma la invitación con doña Eugenia y le da permiso.

Nilsa, hija única, se desalienta al saber que no podrán venir a su casa, ahora que su madre está. La mamá tomó unos días libres de la oficina para cuidarla hasta que comience el campamento de verano. La madre le ajusta en el pelo las dos hebillas anaranjadas como su pantalón, le frota los hombros alegremente, le acomoda los manguillos de la camiseta, similar a la de Lorena, le sonríe, se voltea y no se percata de lo que esconde en la mochila antes de salir.

Al llegar al apartamento del amigo, Nilsa saluda a la abuela de Arturo y deja el bulto junto a la puerta. Los cuatro niños lo custodian desde la mesa durante el almuerzo. Casi no hablan para evitar revelar el secreto. Enrique nota algo extraño en sus comportamientos. Así, mientras ellos le agradecen y se despiden de doña Eugenia, agarra la alforja. Ignora sus peticiones de que no la abra. Mira. Se decepciona al avistar una bola vieja. Antes de que pueda tocarla, el hermano le arrebata la mochila y los demás salen tras él. Enrique lo llama pidiéndole que lo espere. Los amigos se detienen muy pendientes de su reacción. Arturo lo espera.

En la cancha del parque, le hacen prometer que no dirá palabra de lo que verá. Accede sin esperar sorpresa. La reina mora está posada en una rama del yagrumo bajo la sombra de las hojas grandes. Arturo le entrega la mochila a Enrique.

—Quique, coge la bola.

—Te va a gustar —dice Daniel saltando.

Los niños se mueven como si tuviesen hormigas en los tenis. Las niñas, con los labios apretados, emiten sonidos de "ijn" y "ujn" como campanadas en la garganta. Enrique la saca del bulto y entre sus dos manos se ilumina con los destellos coloridos.

—¡Guao! —exclama, reteniéndola con gran asombro.

Los demás gozan ante la maravilla de su rostro y de la esfera luminosa.

—Y eso no es todo —interrumpe Lorena.

—Cambia de forma —explica Nilsa con su vocecilla.

—Prueba a encestarla —lo reta Arturo.

—No intentaré con esta bola pesada.

—Ah, si no lo haces, no verás cómo cambia —insiste para ver a su hermano encestar nuevamente.

Daniel se la quita y la conduce con los pies.

—Mira esto. Los demás no lo ven, pero conmigo es una pelota de futbol.

—Yo la veo. ¡Es increíble!

—Pero no de futbol.

—La estoy viendo ahora mismo. ¿Por qué no veía todo esto desde mi ventana?

—Imposible —Lorena duda.

—Yo no la veo —reclama Nilsa.

—No. No puedes verla. Cada uno ve solamente 'su' cambio de bola, no el de los otros. ¡Daniel, tíramela! —Arturo la driblea fuerte—. ¿Ahora qué ves?

—Una bola de baloncesto. ¡Esto es fabuloso!

—Eso no es nada. Ven, Nilsa —la volean—. ¿Ahora qué ves?

—De volibol. ¡Qué *cool*!

—Noo. Solo el que juega puede verla de su deporte.

—Parece que tu hermano es el único —Lorena lo pronuncia con picardía.

—Pásamela —pide Enrique.

Las niñas se aproximan a Enrique para dársela, no se la tiran.

—¿De verdad que no ven cómo cambia la bola con cada uno? —pregunta inclinando el torso adelante. Casi junta las cejas al fruncirlas y añade—: Jum.

—Solo el que juega —aclara Lorena pensativa.

Arturo se queda mirándolo; más flaco y alto, para sus quince años. Sentado en la silla, los sobrepasa en altura... Sonríe, reconoce al hermano de antes, el de gran entusiasmo.

—¿Cómo consiguieron esta bola?

—Yo la encontré aquí, en el parque —dice Lorena, señalando las canarias.

—A lo mejor, uno de los rayos de anoche la encendió —expresa Daniel poco convencido, pero los demás lo miran considerando la posibilidad que ofrece.

—¿Qué más hace esta bola?

—Bueno, no encesta. No baja por el aro —se lamenta Arturo.

—Prueba a ver.

Arturo se acerca al canasto con el balón gris. Lanza y falla. Enrique lo evalúa. Le dice que puede mejorar, que regrese a la línea del tiro libre. Obedece y asume la posición que le va indicando su hermano: las rodillas dobladas, los pies separados, la yema de los dedos agarrando los surcos de la bola, el brazo de tiro formando un ángulo recto con el codo, la cabeza derecha y la posición cómoda.

Enrique le advierte que recuerde pausar y respirar antes de lanzar. Driblea, siente cómo la bola se enlaza a cada uno de los movimientos de su cuerpo. Aspira, tira y encesta. Le aplauden. Falla los próximos tiros y cada vez la bola cambia a gris y desciende a sus pies, sin cruzar el aire. Enrique le corrige algunos movimientos más. En los próximos intentos la bola mágica continúa ayudándolo a sentir cómo su cuerpo se mueve para que pueda corregir y controlar sus acciones; a la misma vez cruza medio espacio cuando lo hace un poco mejor.

Arturo hace más de una docena de tiradas hasta que logra entrar la primera, falla dos y vuelve a encestar. Lo felicitan.

—¡Buena!

—¡Eso es!

—¡Otra, otra!

Al quinto canasto consecutivo, corren hacia él alborozados y le chocan arriba las palmas de las manos. Un viento suave mueve en cosquilleos el follaje de la arboleda.

Entre todos, se hacen pases con la esfera luminosa para disfrutar de sus destellos.

Daniel se acerca a la silla y le pregunta a Enrique con timidez:

—¿Sabes jugar futbol como el de España?

—Yo practiqué el *soccer* de pequeño, pero me gusta más el baloncesto.

—Quiero ser un goleador. Enséñame a patearla a la portería.

—No lo jugué mucho.

—Tengo que aprender para entrar en la selección del equipo de mi escuela, en agosto. Mi primo Felipe vino un día de Mayagüez y me enseñó a conducirla, pero se fue y no hicimos lo del gol. Yo practico, pero me sale mal, no llega a la portería. ¿Me enseñas? —le cuestiona con los ojos asomados por la esquina de los párpados y una mueca por sonrisa. Antes de que le responda, sale corriendo y le escuchan gritar—: ¡Vengo ahora!

Las niñas se miran entre sí y se atreven a decirle a Enrique que quieren aprender voleibol, que ambas juegan en el mismo equipo del colegio.

—Yo quiero pasarla al acomodador con el *bompeo* —dice Lorena.

—Y yo, a servir por arriba.

Enrique baja la cabeza, observa en silencio sus piernas paralíticas. Ellas le dan la esfera. Resplandece otra vez. El chico vuelve a mirarse, luego fija la vista en el fulgor colorido. Ambas alternan miradas interrogantes: a él, a la amiga, a él, a la esfera.

—Puedes ayudarnos —le suplican al fin.

Tarda en responder. Alza la cabeza, mueve los ojos a los lados y sonríe, marcando sus cachetes.

—¡Yei! —aplauden y bailan, entendiendo que aceptó. Él les aclara que necesitarán una malla de voleibol y que buscará una que tenía. Entonces se dirige a Daniel.

—¿Y eso?

Ríen al ver que regresa con un rollo de tela blanca estrujada que aprieta al pecho y de la cual arrastran cordones amarrados a las puntas.

—Es una sábana vieja que usan mis hermanitas gemelas como casita de muñeca, la cuelgan de los muebles. Mami me dijo que la tenía que traer sin que ellas me viesen. Será mi portería.

Lo miran dudosos, pero lo ayudan. La amarran con dificultad entre dos troncos de árboles. Al concluir, se alejan unos pasos y examinan cómo les ha quedado. La describen entre risotadas:

—Está escocotá...

—Parece una caseta de playa...

—Parece un cruzacalles...

La risa es mayor cuando Daniel protesta.

—¡Ya!

Enrique, que ha estado observando callado, se abstiene de reír para que no piense que se burla. Le entrega la bola luminosa y le pide que le permita observar su dominio de la pelota. Daniel hala sus mangas cortas hasta los hombros y comienza a girar la pelota por la cancha, sintiendo una conexión especial con la bola.

—Te felicito. Lo haces muy bien. Ahora lánzala a la sábana de la portería.

Daniel falla y todos quedan atentos a la reacción de Enrique.

—Ven aquí. Tú conduces haciendo contacto con el lado interior de los pies y lo haces muy bien. Para un pelotazo al gol, es diferente. Pon tu pie derecho sobre mi rodilla. Este es tu empeine —lo toca mostrándole sobre el tenis azul y negro—. Aquí, en el centro del empeine, es el contacto para golpearla. Practícalo.

Daniel lo intenta y recibe la ayuda de la bola mágica, que le hace sentir cada estructura del pie. Si no hace el contacto en el empeine, la pelota desciende al frente de él y se torna grisácea. Poco a poco va mejorando el contacto y la pelota va alcanzando más distancia en dirección a la sábana.

—¡Otra más! —le van repitiendo todos.

Escuchan que llaman al menor y se entristecen porque reconocen que es la hora de todos retirarse a sus casas y no desean que concluya este día.

—¿Por qué tu padre siempre llega temprano del trabajo? —quiere saber Arturo.

—Es que él es ingeniero en ARPE y salen temprano. Y también, es que él nos cuida para que Mami se vaya al *beauty* de ella. Cuando las empleadas se van, Mami se queda un rato y cierra.

Los cuatro niños inician un debate sobre quién guardará la bola luminosa durante la noche para que nadie la vea. Deciden buscar una pala y enterrarla dentro de una bolsa plástica, pero se frustran porque les tomaría mucho tiempo y a Daniel lo están llamando de nuevo. Entonces, Enrique les propone que él puede guardarla. Los cuatro intercambian miradas. Aceptan la propuesta y se despiden. La guarda en una funda que cuelga de su silla. La reina mora ve cuando Lorena parte del arbusto una flor de canaria y Nilsa hace lo mismo.

*****

Lorena le entrega la flor a su mamá.

—Mami, ¿tú crees que hay cosas mágicas?

—Claro que sí, tú eres mi mayor magia —sonríe y abraza a su hija.

Ninguno comenta a su familia sobre la bola que han encontrado. Es una noche despejada. La euforia y la inquietud no los deja dormir. Daniel, Lorena y Nilsa, en sus respectivas camas, dan vueltas entre la sorpresa, el susto, la duda y la maravilla de ese gran día. Simultáneamente, se cuestionan angustiados si la bola perderá sus poderes durante la noche o si en la mañana será igual. No comprenden la magia que han vivido y que los arropa de gozos. El cantar de los coquíes los adormece y el agotamiento los duerme.

Arturo y Enrique encuentran la red de voleibol y sentados en la sala, conversan en voz baja. No cesan de inventar explicaciones;

solamente logran frases u oraciones incompletas, sin poder expresar la belleza y el misterio de la esfera. Nunca habían escuchado de una bola así y cuestionan cómo apareció allí, de dónde vino, cuánto durará la magia...

—Hay cosas que son —le dice Enrique a su hermano.

Resuelven no tocar la bola hasta que vuelva a salir el sol y estén todos en el parque.

Las luces de la terraza y del televisor están dibujando sus siluetas. A la madre, Marina, se le humedecen los ojos al verlos juntos, conversando como solían hacerlo antes. Se acerca, los abraza y los besa en la frente.

*****

El sol reaparece y los deportistas madrugan deseosos por coger la bola luminosa y ver si aún es mágica. La reina mora los aguarda entre las hojas del yagrumo que ya han bebido del rocío. Arturo, con camiseta amarilla, desmangada y tenis de baloncesto, los espera sentado sobre el muro de una jardinera con

florecillas azules, en la entrada de su apartamento y les dice que el hermano tardará un poco más. Impacientes, se balancean en sus pies como sillones. En poco tiempo, Enrique se presenta tan ansioso como ellos, con una de sus gorras de visera, un pito que le cuelga del cuello y, sobre los muslos, la red y el balón de goma gris en la misma funda donde la había guardado el día anterior. Además, botellas de agua en un bolso colgado detrás de la silla. Le dan paso y lo siguen en fila hasta la cancha. Cada uno lleva su bola deportiva favorita. Daniel carga, además, la sábana de cordones colgantes que ha enrollado debajo del brazo.

En el medio de la cancha, exclaman:

—¡Queremos ver la bola!

—¡Quiero cogerla!

—¿Tiene magia?

—¡Déjanos verla!

Enrique está tratando de soltar el nudo apretado de la funda. Súbitamente se silencian y logra abrirla. Las cinco cabezas rodean el hueco. Miran. Detienen la respiración. Arturo apresura a su hermano para que la coja. Enrique la saca. Entre sus manos se encienden los destellos de la esfera mágica. Sobre sus caras rebota la luminosidad multicolor y callados vuelven a sorprenderse como la primera vez. Luego, algarabía de gritos, saltos y risas. Comentan que hoy se ve más bella que ayer. Al instante se desesperan, reclamándole que se las pase. Él duda. Lorena insiste que a ella primero porque la encontró. Ninguno objeta y él se la entrega. En sus manos refulge, y luego de unos segundos de admiración sonreída, se la pasa a Nilsa, que exclama un poderoso "¡sí!" al sujetarla. Se la tira a Daniel, quien da saltitos con las luces cambiantes. Arturo la coge y entre carcajadas repite:

—Mírenla conmigo.

Los chicos vuelven a realizar los pases del día anterior, anunciando con alegres gritos el cambio que cada uno va observando en la bola, de una luminosa a otra de su deporte favorito. Pero ahora Enrique está en el centro, disfrutando de la esfera destellante. Él se las lanza y la atrapa mientras ellos se mueven en un círculo para hacer los pases de frente a él. La reina mora aletea y hace un breve vuelo circular entre las ramas.

Después de un rato maravilloso, sugieren comenzar a practicar. Acuerdan que como las niñas no tuvieron la oportunidad el día anterior, iniciarán con las prácticas de voleibol. Para montar la red, Arturo se trepa por el lado de la silla de ruedas. En su empeño por alcanzar los anillos en los tubos, agita las piernas y los brazos y Enrique tiene que mover la cabeza rápidamente para esquivarlos. Le pide:

—Cuidado.

Mientras, los otros tres se pasan la bola luminosa que describen como nítida, *cool*, fabu. Al final, todos quedan complacidos con el montaje.

Las niñas practican el servicio con las bolas regulares. Enrique las estudia y luego les explica que, al ser ambas derechas, les aplican por igual las técnicas de dirección que practicarán la una con la otra y que la bola luminosa hará su magia para guiarlas. Ellas cambian nerviosamente su peso de un pie al otro en sus tenis blancas, y bromean de lo mal que juegan. Enrique espera negando con la cabeza y las llama pacientemente.

—Vengan, chicas. ¡A empezar! Nilsa, tú quieres aprender a servir por arriba, así que coge la bola mágica. Y tú, Lorena, la regular para que le muestres el servicio. Ustedes, Arturo y Daniel, en el otro lado de la cancha. Cuando lo haga Nilsa, no contesten el servicio. Na' más cogen la bola, porque será gris y más pesada. Se la devuelven por debajo de la malla. Por favor, atiendan todos. Nilsa, tú más, para que puedas repetir los movimientos. ¿Listas? Lorena, necesito que lo hagas poco a poco, según lo explico. ¿*OK*?

—Sí, sí, despacio.

—Piensen en que el pie izquierdo da la dirección y el derecho la fuerza, porque van a servir del piso; no van a brincar.

—Sí, sí —ambas lo afirman a coro, agitando la cabeza en movimientos rápidos y cortos.

Nilsa sujeta la bola resplandeciente, muy concentrada en lo que hace Lorena y lo que va diciendo Enrique. Cuando Nilsa alza la bola para el servicio, de inmediato la siente enlazada a su cuerpo, y con cada uno de los movimientos siente la conexión. En los intentos iniciales al servir, la bola se desploma gris, junto a sus pies. En la medida que va mejorando el servicio, la bola desciende cada vez más lejos, pero aún sin cruzar la red. Ella se esmera en controlar la técnica: el pie izquierdo apuntarlo al área seleccionada; subir el brazo izquierdo en la misma dirección, elevando la bola hasta un poco más arriba de la cabeza; subir el brazo derecho con la palma de la mano abierta y hacer el contacto sólido que impulsa la bola. Sus intentos son cada vez más certeros. Finalmente, acopla sus movimientos con la ayuda de la bola mágica. Logra pasarla sobre la red y ríe con los aplausos alborotados de los demás. Continúa practicando y puede llevarla a la posición que escoge del otro lado de la cancha. Enrique aplaude también.

—¡Bueena! ¡Así es! Ahora repítelo con la bola de *volibol.*

—No sé si podré.

Los amigos la animan.

—¡Tú puedes!

—¡Nilsa! ¡Nilsa!

—Claro que puedes. Tan importante es creerlo, como hacerlo — le reafirma Enrique.

Por unos instantes, mientras los demás aguardan embelesados, Nilsa sujeta la bola deleitada con los colores fulgurantes. Se decide. Pone la gris en el borde de la cancha. Hacen silencio. Sirve con la de voleibol. La pasa cinco veces corridas. Los demás piruetean alegres a su alrededor; Daniel hace sus saltitos y los dos mayores hacen la vuelta de la estrella. Sopla la brisa, seseando sobre las copas ondulantes de los árboles. Enrique permanece absorto en el juego de ellos, en el pase y pase divertido de la bola luminosa que han retomado. Nilsa corre hacia él, puntea los pies al lado de la silla y lo sorprende con un abrazo por el cuello, sin percatarse de que él aprieta los párpados para contener su dicha.

—¡Ey! Un pase para mí —les reclama Enrique, contagiado con sus risas.

La atrapa y goza de los destellos fulgurantes por un ratito.

—Ahora tú, Lorena. ¡A *bompearla*! Recibes el servicio de Nilsa con la bola mágica y se la acomodas a Daniel en la delantera derecha. Después lo practicaremos con Arturo en el lado izquierdo. Oigan chicos, recuerden, solo la cogerán, les cambiará a bola pesada.

Lorena extiende los brazos relajados, hace varios contactos con los antebrazos y de inmediato siente la conexión entre su cuerpo y la bola mágica. Recibe los primeros servicios y el *bompeo* le resulta difícil porque tiene que controlar varias posiciones a la vez: debe moverse en la cancha para ubicarse debajo de la bola, doblar las rodillas, bajar hasta la posición y mantener el pie izquierdo al frente. Con cada intento, al igual que con los otros niños, la magia de la bola luminosa la está ayudando con las sensaciones en los músculos específicos del cuerpo. También cae a sus pies, opaca y gris cuando se equivoca; en cambio, cuando coordina bien los movimientos, la bola continúa el impulso hasta llegar a Daniel. Al intentarlo con Arturo, en la otra esquina del lado delantero, lo hace con el pie derecho al frente. Va progresando en sus contactos hasta llevar la bola a la dirección deseada repetidas veces. Resuenan los vítores de los amigos y Lorena ríe al escucharlos.

—¡Yeii! ¡Lo-re-na!

—¡Otra! ¡Otra!

Enrique la felicita y le pide que lo haga con la bola de voleibol. Ella mira al cielo azul, remueve de los ojos unos flecos del pelo arisco y acepta el reto. Esperan enmudecidos. La *bompea* tres veces afuera y en las próximas dos la lleva a la posición de Daniel y luego a la de Arturo sin fallar. La festejan con "chiji-chija". La hojarasca revuela girando sobre la grama cercana. Enrique, riendo, interrumpe a los tres para recordarles que feliciten a Nilsa que ha servido extraordinariamente bien y ya se ve cansada. Así lo hacen gozosos.

—¡Hagamos algo! Váyanse todos al otro lado de la cancha que voy a intentar servir... y con la bola regular.

Guarda la esfera radiante en otro bolso que cuelga de la silla. Sirve la primera, la pasa y la contestan. Están revueltos y alegres, parecen brochazos de colores en el aire cuando saltan con sus camisetas en amarillo, rojo, verde, rosa. Al verlos, ríe tanto que espera a sosegarse antes de su segundo servicio. La pasa. Se sorprenden de lo bien que lo hace desde su silla. Aplauden bulliciosos y corren haciéndole un círculo mientras él sacude los brazos victoriosamente. Exhaustos, felices y sudorosos se dejan caer al suelo frente a él. Enrique les pasa las botellas de agua. Ocurre un silencio. En el orden en que están sentados, van cuestionando en voz alta Nilsa, Lorena, Daniel y Arturo, uno después del otro:

—Mis manos se sienten diferentes, más la derecha.

—Yo los brazos, y me los miro a ver si están más gruesos.

—Yo siento los pies como si fuesen más grandes y los miro y tengo los mismos tenis.

—Yo como que me he estirado.

Se van mirando unos a otros y estallan en risotadas. Enrique ríe con ellos.

—Yo no los veo diferentes, aunque sí veo que juegan mejor. Creo que bebieron mucha agua y ya está bueno del descanso.

—¿Y tú? —pregunta Arturo.

Miran a Enrique.

—Yooo, pues el ejercicio me hace sentir más liviano y ya no pregunten más. ¿Quién sigue?

Echan a la suerte si continuar con baloncesto o futbol: gana Daniel. Montan de nuevo la sábana de las gemelitas. Él admira el fulgor de la bola, la rebota entre sus pies y vuelve a sentirla enlazada a su cuerpo. Inicia los contactos con el empeine, pero esta vez no llega a la sábana. Enrique le dice que le falta equilibrio. Lo escucha con atención e intenta seguir paso a paso las instrucciones para golpearla: afirmar en el piso la pierna y cadera izquierda, el pie izquierdo apuntando en dirección a la portería improvisada, los brazos semiabiertos a la altura del pecho para producir mayor fuerza al girar el torso y hacer contacto con el pie derecho para patearla en línea recta. Estos movimientos son complejos y Enrique no puede mostrárselos. Para ello, cuenta con la magia de la bola que irá moldeando sus movimientos.

Daniel la golpea larga para que llegue hasta la portería de la sábana, pero va por otro lado. Con cada intento, la pelota se cae o se acerca en dirección a la sábana y la magia le ayuda a sentir cómo hacer el contacto con mejor equilibrio. Finalmente acierta repetidos goles.

—¡Lo hice, lo hice! —salta al ritmo de la vocería de los amigos y de sus propias exclamaciones.

Inmediatamente lo intenta con la pelota de futbol y también la lanza varias veces hasta la portería. Las vocalizaciones de "goool" se producen con gran reperpero. Las hojas del yagrumo se voltean luciendo su plateado a un mismo compás.

Daniel, satisfecho, se sienta en el piso al lado de su instructor y le entrega la esfera palpitante de luces. Todos están acalorados y beben de las últimas botellas que quedan. Se les acrecienta el hambre con los aromas culinarios de guisos y frituras que se dispersan por el vecindario y aprovechan el cansancio de Daniel para ir a almorzar a sus apartamentos. Enrique los sigue rodando su silla, con el balón en el bolso que cuelga detrás.

*****

Al regresar al parque, esperan otra vez con sus dudas mientras Enrique extrae la bola mágica del bolso. Miran embelesados los destellos coloridos y se escuchan los suspiros de "ayy", "síí". Un silencio de asombro. Se alborotan. Vuelven a disfrutar haciendo los pases. Pronto comienzan a discutir quién tendrá el turno de juego con la esfera luminosa y se van irritando. Enrique les sopla un estrepitoso pito que, del susto, los hace gritar a carcajadas. Coge la esfera y también la observa con brillo en los ojos, como ellos. Alza la mirada.

—Vamos un momento al canasto de baloncesto; ese era mi deporte —los invita entusiasmado.

Todos se trasladan jubilosos a un extremo de la cancha en el que, a esta hora de la tarde, los árboles proyectan sombra. La reina mora los vela desde el yagrumo. Inicia Arturo con la bola de baloncesto y sus tiros bajan limpios por el aro. Las tiradas de los otros rebotan por todas partes: el aro, la tabla, los hombros, las cabezas, hasta que llega a Enrique. Él la atrapa y estira el torso para el tiro. La bola gris, que tenía sobre los muslos, se desliza hasta el piso y la ven rodar por la cancha hasta detenerse entre las raíces de la canaria. Lanza la bola de baloncesto y entra perfecta, sin rozar el aro. Se sorprenden. Se la pasan otra vez. Vuelve a encestarla. Él y los chicos gritan tanto que casi se quedan roncos. Beben agua de las botellas que han vuelto a traer.

Enrique les propone jugar todos lo mismo y se animan. Los organiza en un semicírculo debajo del canasto e inician la secuencia de tiros en el juego de *Escalera*. Mientras, don Rubén llega inusualmente temprano. Detiene la marcha del auto y baja el cristal de la puerta. Mira incrédulo las tiradas que hacen los chicos. Se apresura al estacionamiento, a la casa, besa la mejilla de Marina y la invita a acercarse a las ventanas de cristal de la sala. Ven a sus hijos: Quique debajo del aro y Arturo encestando.

En la cancha, los niños corren y buscan la bola, que repica y rueda en muchas direcciones cada vez que fallan las tiradas. Cuando encestan, festejan con saltos y gritos. Finalmente, están sudorosos y toman un descanso. Se sientan en el piso de frente a Enrique, él les pasa las botellas de agua que les quedan. Lorena lo mira contenta y le anuncia señalándolo con el dedo.

—Tú deberías ser *coach*.

Los demás, convencidos de que es cierto, repiten alegremente frases similares. Enrique baja la cabeza y con media sonrisa responde en voz baja:

—Gracias, chicos... Gracias por lo que dicen —sonríe y abre los brazos, moviéndolos con las palmas de las manos arriba—. ¡Pero son ustedes los que se han fajado! Son unos campeones y... no olviden la ayuda de la bola mágica.

Los niños se miran pasmados, alzan las manos, suben los hombros hasta el cuello, giran el cuerpo, la cabeza. Hablan a la vez, exclaman, preguntan:

—¡La bola mágica...!

—¿Dónde está...?

—No la veo...

Buscan rápidamente en el arbusto de canarias, donde la avistaron rodar por la cancha. Se agobian al no verla. Buscan afanados aquí y allá. Mueven las ramas de las amapolas rosadas, cruz de maltas rojas, helechos verdes, *crotons* con pintas amarillas... Miran detrás de las columnas del *gazebo*, debajo de los bancos de cemento, alrededor de los troncos ásperos de los árboles. Enrique rueda su silla hasta los bordes de la cancha, atisba por dondequiera que ellos rebuscan.

—¿Dónde está? ¿Dónde está? —dicen los niños. Su tono inquisitivo se torna angustioso.

Enrique los llama por sus nombres, pero lo ignoran. Insiste en hablar de manera pausada.

—Chicos, vengan aquí. Vengan. Vengan, cálmense.

Se acercan cabizbajos. Reconocen el trino; esta vez es más prolongado. Voltean las cabezas tratando de localizarla. No ven a la reina mora que los observa entre las flores rojizas y anaranjadas del flamboyán, en el lado norte del parque. No la vieron en el yagrumo el día anterior ni todo este día, siempre velándolos.

—¿Qué buscan?

—A la avecilla que nos mostró la bola luminosa —Lorena responde con tristeza.

—¡Y ahora la perdimos! —Nilsa se lamenta. Luego de una pausa, sugiere alentadora—: Tal vez el pajarito se la llevó a otros niños que la necesitan.

—Tal vez aparezca cuando vuelvan los rayos y truenos de noche —Daniel abre las manos como esperando recibir la bola. Las deja caer vacías.

Los chicos alzan las cabezas hacia las ramas altas y vuelven a bajarlas con pesadez.

—¿Qué perdieron? —Enrique les insiste con cariño.

—La bola mágica —contestan todos en tono de frustración.

—¿Qué encontraron?

—No la hemos encontrado —protesta Daniel.

—Tú nos llamaste —se queja Arturo.

—Díganme.

Callan. Rememoran las experiencias de esos días. En sus mentes flotan imágenes: los colores y destellos luminosos entre sus manos, la diversión, la técnica del deporte, la celebración, los aplausos, la magia...

Lorena, Arturo, Nilsa y Daniel cruzan las miradas y sonríen. Al unísono, corren hacia Enrique y empujan su silla en círculos de risas bulliciosas. La reina mora alza largo vuelo.